當代中華詩詞名家精品集

程毅中卷

中华诗词研究院 编

中国青年出版社

图书在版编目（CIP）数据

当代中华诗词名家精品集·程毅中卷／程毅中著．
中华诗词研究院编——北京：
中国青年出版社，2014.7
ISBN 978—7—5153—2585—9
Ⅰ．①当… Ⅱ．①程…②中… Ⅲ．
①诗词－作品集—中国—当代 Ⅳ．①I227
中国版本图书馆 CIP 数据核字（2014）第 172172 号

责任编辑：彭明榜
丛书题签：霍松林
书籍设计：孙初＋林业

中国青年出版社出版发行
社址：北京东四 12 条 21 号
邮政编码：100708
网址：www.cyp.com.cn
编辑部电话：（010）57350506
门市部电话：（010）57350370
北京科信印刷有限公司印刷　　新华书店经销

700mm×1000mm　1/16　7 印张　60 千字
2015 年 1 月北京第 1 版　2015 年 1 月北京第 1 次印刷
定价：20.00 元

《当代中华诗词名家精品集》出版说明

为弘扬中华诗词文化，促进当代中华诗词优秀作品的传播和交流，值此中华诗词研究院成立三周年之际，特编辑、出版《当代中华诗词名家精品集》丛书，以期为广大读者提供优秀的当代诗词读本。

《当代中华诗词名家精品集》的作者为中华诗词研究院顾问，他们是当代诗词名家、大家。每卷收录作者自选代表性作品一百首以内，注重艺术性、当代性，且能反映诗人的艺术风格和创作面貌。经过近一年的约稿、审订、编校等紧张工作，《当代中华诗词名家精品集》（第一辑）共出版十卷，收入饶宗颐、霍松林、叶嘉莹、刘征、程毅中、梁东、周笃文、杨天石、白少帆、赵仁珪十家。

我们期冀通过《当代中华诗词名家精品集》的出版，为读者提供一份精美的精神食粮，发挥诗词名家对当代诗词创作与研究的引领作用，展现中华诗词的当代魅力。

中华诗词研究院

二零一四年七月

目录

一九七三年自五七干校探亲后返中华书局

裘凋金尽又还乡，
挈妇将雏待束装。
三入长安头未白，
不辞长作校书郎。

题李一氓同志所藏烬余词

爨桐焦尾发清音，
抢救遗材识苦心。
愿得氓公伸巨手，
护持古籍借春阴。

一九八一年

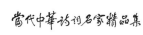

庆祝周振甫先生编辑工作五十年

为人作嫁为书忙，
愿作燃藜永放光。
五十年来千尺稿，
丹铅绚烂焕文章。

一九八二年十二月十六日

预祝六弟五十寿辰寄香港

弟兄两地各西东，
劳燕分飞几度逢。
我早五旬知学易，
尔今半百喜成功。
胸中丘壑生奇趣，
笔底楼台夺化工。
骨肉相通心一点，
他年共话九州同。

一九八四年一月

忆仙姿　贺唐圭璋先生八十五寿辰

江左文坛耆耇，
一代词章渊薮。
著作比身高，
桃李满门争秀。
添寿，添寿，
笔健人尤长久。

一九八五年十一月

祝吴组缃师八十大寿

常言七十古来稀，
如今八十不为奇。
先生年高不知老，
健谈犹似讲课时。
忆昔听课多乐趣，
同学满座身难跻。
先生说稗兼说史，
更胜人称匡说诗。
目无全牛刃无厚，
擘肌分理妙入微。
落子远见百步外，
落笔亦如下围棋。
小说野史本一家，

探幽索隐非猜谜。
创作评论同此理，
体察生活当无疑。
施罗惊叹曹霑喜，
吾心后世有人知。
先生乐以稗说传，
不似前人畏嘲讥。
绣出鸳鸯与众看，
度人不惜金钥匙。
恨我愚拙性又懒，
饮河自骇如鼹鼷。
薛谭学讴未毕业，
终生立雪不敢辞。
至今犹思重返校，
从头补课安可期。
弟子今亦非盛年，
学作俚歌献吾师。
燕园桃李迎春风，
登堂共祝寿期颐。

一九八八年

贺林庚先生八十寿辰

诗史高峰说盛唐，
课堂纵论意飞扬。
板书飘逸公孙舞，
讲义巍峨夫子墙。
孟德永怀千里志，
东坡犹喜少年狂。
先生健笔长如旧，
满座春风献寿觞。

一九九零年二月

入蜀纪游四首

一

四川自古负文名，
想望多年梦锦城。
蜀道如今难变易，
无从驴背觅诗情。

二

少看演义迷诸葛，
老学唐诗仰杜陵。
岂是成名因入蜀，
自缘入世为苍生。

三

试从金顶认峨嵋，
雾里看山又一奇。
恐有神仙藏洞府，
布云遮路使人迷。

四

建福宫中读古碑，
青城山上访神祠。
飞仙剑侠知何在，
却见唐装女炼师。

一九九一年八月

贺启功先生八十寿辰

启公书法天下闻，
有求必应胜观音。
墨宝赠人不自惜，
鹅毛无需换一根。
波斯巨眼善识宝，
史才诗笔更无伦。
不独文章惊海内，
时有珠玉渡鸡林。
韵语天成情兼趣，
不以艰险作高深。
漫道我手写我口，
要在句句写我心。
诗人老去诗律细，

鸳鸯绣罢度金针。
盒子底盖换平仄，
截竹为图节奏分。
长嚷想仿四字品，
妙语解颐亦惊人。
八十老翁尚有求，
乐得英才入我门。
薪火相传贵有道，
奖学即以报师恩。
“稀有活人”世所宝，
幸为我儒张一军。
童心常在童颜驻，
青松翠柏见精神。
祝公手健脑更健，
年年笔底画长春。

一九九二年七月

黄苗子先生曾为启功先生作《保护稀有活人歌》

《文学遗产》创刊四十周年赠编辑部同仁

年年压线不辞劳，
四十年来未动摇。
学海津梁垂后世，
文心事业胜前朝。
敢教遗产随风散，
喜见新人逐浪高。
鉴古更知迎现代，
振兴大雅待英豪。

一九九五年十月

膺聘入中央文史研究馆敬呈前辈诸老

廿八人中最少年，
敢将驽劣踵前贤。
幸能附骥知途远，
愿学涂鸦恨笔偏。
南郭随班思后路，
东施献丑赋新篇。
夜行秉烛犹非晚，
况有馀霞正满天。

一九九六年三月

庆祝香港回归祖国

当年城下受要盟，
积愤如潮海不平。
封豕岂能吞大国，
醒狮毕竟试雄声。
金瓯可补山河裂，
赵壁终完日月明。
几代先民挥血泪，
今朝共庆慰英灵。

一九九七年七月

游小三峡竟日始返乐而忘饥

奇峰夹道迎游客，
急浪留人阻返航。
山水多情如此好，
不辞辟谷住仙乡。

一九九七年九月

纪念周恩来故总理诞辰一百周年

仪范长存天地间，
巍然砥柱阻狂澜。
爱贤总在心中热，
忧国务为天下先。
四害已消千古恨，
一身尽瘁万民安。
百年华夏风云变，
巨手回旋力拔山。

一九九八年二月

丽江纪游二首

一

云里隐藏山雪白，
路边开遍草花黄。
玉龙见尾仍遮面，
留得馀情在丽江。

二

俯视长江第一湾，
金沙滚滚绕青山。
默祈此水东流去，
莫酿灾情起恶澜。

一九九八年八月

喜迎建国五十周年大庆二首

一

升起红旗再造天，
神州巨变尽桑田。
狂飙恶浪惊心后，
丽日和风到眼前。
两制并存抒远见，
廿年改革创新篇。
今朝仍在长征路，
且喜潮平帆正悬。

二

锦瑟弦歌五十周，
人民作主纪春秋。

为山九仞终登顶，
如日中天共仰头。
一页将开新史册，
百层更上最高楼。
不忘外患依然在，
莫怪常怀千岁忧。

一九九九年五月

题赠南海舰队某部四大队官兵

南海长城气势雄，
楼船破浪驾天风。
干戈常备何须用，
尤念台湾是弟兄。

一九九九年十二月

祝林庚先生九十大庆

新正重登夫子堂，
先生不老健而康。
春秋九十勤挥笔，
桃李三千竞出墙。
仁者寿高金石固，
诗人望远海天长。
期颐待到齐头日，
再聚同门进一觞。

二零零零年二月

七十自嘲二首

一

屠龙屠狗两无能，
惟爱雕虫话说铃。
壮不如人今已老，
冬烘仍是一书生。

二

校史甘当牛马走，
著书难为稻粱谋。
砚田丰歉随风雨，
只问耕耘到白头。

二零零零年

龙庆峡纪游

大坝拦谷口，人力夺天功。
电梯曲折升，腾云上九重。
长河出山峡，蜿蜒卧苍龙。
轻舟快于马，破浪自生风。
回绕凤冠岛，三面浸水中。
岩悬千年柏，壁立十丈松。
暂过月亮湾，未及瞻真容。
两岸架钢丝，飞车挂高空。
更有跳崖人，翩翻若飞鸿。
驻足金刚寺，毗卢踞正宗。
香火盛于昔，施舍非愚蒙。
禳田求丰收，佛当诱其衷。
下穿百花洞，雪白芙蕖红。

百步经四季，春夏接秋冬。
桃源在人境，穷乡可脱穷。
奇景画难似，需加整合工。
写形兼写意，诗画本相通。
归来论创作，江山助气雄。

二零零零年七月

雁荡山纪游二首

一

左看少女右成翁，
惊叹天然造化功。
移步换形凭意象，
不知哪个是真容。

二

雁荡奇峰多似笋，
龙湫飞瀑细于丝。
天工自有凌云笔，
何苦沉吟强作诗。

二零零零年十二月

陶公洞

陶公为良医，
胡公作好官。
二公居一洞，
百世受香烟。
神话未必信，
民心实可观。
功德无大小，
遗爱至今传。

二零零零年十二月

陶公洞在永嘉大若岩，祀陶弘景及宋人胡则。胡公为温州太守时，曾减轻农民赋税，人奉之为神，甚至称之为大帝。

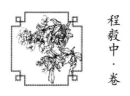

中央文史馆建馆五十周年书感

建馆峥嵘半百年，
新楼突起国门前。
为郎颜驷蒙青目，
健饭廉颇愧素餐。
西伯不徒能养老，
郭隗岂得称招贤。
驽骀伏枥承平日，
十驾犹思快着鞭。

二零零一年七月

广西纪游七首（选三）

一

恍然身入水晶宫，

四面鱼龟欲化龙。

海底蛙人双起舞，

方知科技夺天工。

二

层岩深处暗流旋，

洞底长河别有天。

恍惚梦游迷路峡，

轻舟已过九重山。

三

山底河流七里长，

俨然地下小漓江。

何时浮出胡麻饭，

送向人间请客尝。

二零零一年十一月

叠彩山见古榕

桂林游兴高，登上叠彩山。
忽见古榕树，出自岩石间。
岩缝不容刀，根茎似线穿。
不愁无孔入，屈曲虬龙蟠。
半露风日中，生意仍盎然。
顽强求生长，羡尔意志坚。
精诚金石固，青翠保千年。

合浦

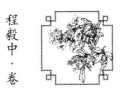

银滩南望海潮平，
合浦官清水亦清。
欢舞鲛人无泪滴，
珍珠万斛庆收成。

二零零一年十一月

贺启功先生九十寿辰并序

仁人有寿，金石弥坚；君子无忧，松筠尤劲。行程九十，方登万里之途；桃李三千，遍树百年之木。恭维元白先生，学界名师，文坛耆宿。慧眼善能识宝，热心最爱育才。魏武王孙，久隐丹青之苑；信陵公子，半藏醪醴之乡。铁画银钩，早入右军之室；苍山碧水，都归米氏之船。多识古文，解读金縢之字；精研声律，揭开玉盒之谜。奖学扶贫，已报师恩于昔日；传薪授道，定垂世范于将来。遣兴诗词，韵语尤饶理趣；寄情翰墨，砚田长保丰收。以八千岁为春秋，跻登上寿；栽廿一纪之梁柱，作育英材。方今午年荷月，吉日良辰，为先生九十华诞，敢献芜辞，预期荼寿。

三乐启期登上寿，
更加孟子育英材。
多能何止诗书画，
特立咸尊德望才。
学重人师争景仰，
行为世范出公推。
门墙广大春风满，
桃李成林续续栽。

二零零二年五月

贺吴小如先生八十寿辰

少若先生世少俦，
古今书史讲从头。
说诗每使群颐解，
约稿常来快手求。
顾曲知音歌者服，
咬文嚼字写家愁。
耄年豪气长如旧，
鹤算频添海屋筹。

二零零二年五月

桃花源

桃花源里也耕田，
只是移民不是仙。
科教兴农开发好，
应知乐土在人间。

二零零二年五月

香溪源

昭君村上香溪水，
曲折奔流洗俗氛。
愿得回头西北去，
不教青冢向黄尘。

二零零二年五月

神农架

神农取火创文明，
此地缘何独著名？
采伐以时生意满，
子孙永保万山青。

二零零二年五月

泛九曲溪

乘筏飘浮九曲溪，
顺流曲曲出新奇。
山回水转皆仙境，
不负此行到武夷。

二零零二年八月

武夷山纪游

几片峰岩似切糕，
神工聊试割愁刀。
周围云水添灵气，
方信名山不在高。

贺张范九学长八十寿辰

忆昔同学春在堂，
与君相识幸同窗。
又复受业梅谷师，
金石刻画共门墙。
为我画扇扬仁风，
至今箧中永珍藏。
两心相知不相见，
五十馀年天一方。
忽奉手书来意外，
不禁惊喜热中肠。
方知当年西北行，
同在一地竟参商。
我入燕京君住秦，

都把他乡作故乡。
殷殷问我别后事，
足见相念长无忘。
愧我驽劣负师教，
学识浅陋不成邦。
如君淹博今难见，
优游文史正当行。
诗书画印兼四能，
才华横溢漫三江。
长安久居真不难，
足为师门增辉光。
教育世家有传人，
箕裘不断继书香。
行年八十不知老，
时有新作示华章。
节近中秋月将圆，
千里婵娟人久长。
片纸难尽平生意，
遥祝我兄寿而康。

二零零二年八月

重登四面厅

予旧居苏州西百花巷老宅，园中有四面厅一座，传为明代建筑。五十年代改造后移建于刺绣研究所，九十年代初又移建于石湖之滨，邻近余觉之渔庄，易名为农圃堂。二千又二年十二月二十五日重登此堂，欣慨交心，赋诗以纪。

故物完存四面厅，
湖边重建琐窗明。
而今公众同观赏，
农圃渔庄共得名。

二零零二年八月

赠抗击非典医务人员

铁壁铜墙防病毒，
纸船明烛送瘟神。
白衣战士施仁术，
誓扫凶魔不顾身。

二零零三年五月

西双版纳采风二首

一

采风初到景洪州，
基诺姑娘作导游。
讲述先民生息史，
犹传兄妹出方舟。

二

民族风情高脚楼，
歌郎楼下把婚求。
不知所爱哨多丽，
睡在楼房哪一头。

二零零三年十一月

傣语称少女为哨多丽，少男为冒多丽。据说傣族男青年每于夜间持棍捅楼板为讯，以约少女下楼相会。

重游玉龙山

一九九八年八月来丽江，因天雨阴霾，未得见玉龙山真面目，曾留诗云：“玉龙见尾仍遮面，留得馀情在丽江。”今年十一月十三日有幸重来，晴空万里，山色清明，且遇日月同辉，晶莹夺目，因用前韵赋此。

故地重游到丽江，
五年旧约愿真偿。
玉龙高卧晴空里，
雪岭双辉日月光。

二零零三年十一月

长江第一湾抒怀

我本长江尾处生，
来向长江源头行。
昔日曾见江水浊，
今日渐见江水清。
一别五年刮目看，
退耕还山功垂成。
愿得春风遍大地，
造林亿亩万山青。
长江之水从头起，
千回百折碧波澄。
滚滚东流经三峡，
造福人民乐太平。

二零零三年十一月

读赵藩武侯祠联书感二首

一

一联高挂武侯祠，
史识文才四海知。
自古宽严需审势，
不徒治蜀要深思。

二

马谡知兵纸面谈，
攻心为上实名言。
狂人黩武图称霸，
天道民心有好还。

二零零四年四月

西欧纪行四首

一

几番暴雨几番晴，
半日追风跨国行。
我愿司机且慢走，
前头又有片云生。

二

高树新苗遍绿原，
西欧风物似江南。
山明水秀濛濛雨，
引起乡情梦故园。

三

初到欧洲访故宫，
先瞻奇景小街中。
顽童撒尿能消火，
反战弭兵第一功。

四

长桥卧水烟波净，
高阁凌空气象雄。
故国兴亡多少事，
世人应惜鬼神工。

二零零四年八月

黔南道中二首

一

路无三米直，
田无一块方。
山多林亦多，
不让寸土荒。

二

车上观山景，
一天七百里。
山乡建设快，
飞驰亦如此。

二零零四年八月

天星湖二首

一

盆景回旋入画图，
千枝万笏出平湖。
园林若论天然趣，
自叹吾吴是小巫。

二

树从岩石缝中出，
人在莲花墩上行。
飞瀑流泉千百叠，
遥看真似满天星。

贺林庚先生九五寿辰

诗歌中心在燕园，
诗国高潮当溯源。
静希先生执教鞭，
及门弟子逾三千。
今日登堂会寿筵，
少长咸集数十班。
诗才诗识执一偏，
各得一体不求全。
法门广大纳百川，
英才辈出若比肩。
愿得后生青胜蓝，
少年精神代代传。

先生微笑乐陶然，
鸠杖蒲轮地行仙。
百岁大寿在眼前，
登堂再拜期五年。

二零零五年一月

九寨沟纪游二首

一

长流满壑复前行，
东涧西滩数十层。
能纳百川同是海，
出山泉水亦澄清。

二

山坡飞瀑鼓雷音，
镜海无澜不动心。
何得安恬如古井，
虚怀若谷内涵深。

二零零五年六月十五日

观瀑

停车依栈道，
坐爱看长川。
白马奔天外，
晶帘挂路边。
悬崖千片雪，
飞瀑百重泉。
欲捡珍珠颗，
需求碧玉盘。

二零零五年六月十五日

重谒武侯祠

重来拜谒孔明祠，
庙貌更新胜旧时。
武穆书碑成宝典，
赵藩联语费深思。
三分讲史传罗本，
千古扬名借杜诗。
当日有心云出岫，
平生遗恨有谁知。

二零零五年六月十八日

缅怀启老

万人空巷致哀思，

见证民心爱大师。

可恨天公催唤急，

书丹待刻外孙辞。

二零零五年七月七日

纪念抗战胜利六十周年

捷报曾传震九州，
八年敌焰黯然收。
长忧亶父迁岐下，
终见共工触不周。
青史昭昭应作鉴，
洪流滚滚可翻舟。
和平发展争双胜，
毕竟同居一地球。

二零零五年七月七日

读王世襄先生《锦灰堆》书感

斗鸡走马少年行，
盛唐气象现燕京。
王老十五二十时，
豪气如虹追鲲鹏。
冬夏读书春秋猎，
右牵黄耳左臂鹰。
葫芦就范成珍品，
蟋蟀神勇百战赢。
赏心乐事非丧志，
格物致知绝学兴。
追回国宝收赃物，
敌寇手中夺百城。
先生老去童心在，

著书立说有定评。
锦绣成堆志未灰，
精光四射烂日星。
国际知名获重奖，
巨匠挥斤大器成。
九十老翁何所求，
华夏文明有继承。
宝藏精品乐与众，
行有馀力续鸽经。
愿见珍禽四海飞，
人人爱护、年年传信报和平。

二零零五年十月

颂神州六号

飞艇升空七百里，
九重高处不愁寒。
七十七圈归故土，
五天见月几回圆。

二零零五年十一月

春初莲花池所见

昨日残冰尚半池，
春风一夜水澌澌。
野凫不怕禽流感，
冲破寒波鸭未知。

二零零六年三月

清明日香山公园散步

偷闲今日正清明，
散步香山不踏青。
芳草满坡生气盛，
护持水土总关情。

二零零六年四月

怀念曹道衡学长

我念曹夫子，
应留后世名。
魏文精典论，
刘向善传经。
风义兼师友，
交游见性情。
吾吴多壮士，
岂但一书生。

二零零六年四月二十七日

挽林锴先生

讽喻诗多胆气粗，
不消清供学林逋。
升天应作钟馗伴，
到处新添捉鬼图。

二零零六年五月

有酒不能饮，作此自嘲二首

一

有酒不能饮，
枉过茅台镇。
辜负主人情，
举杯聊一吻。

二

赤水纪征途，
仁怀号酒都。
谪仙难处世，
不作老糊涂。

赠王三庆教授二首

一

一色东西共海天，
金城犹见古墙砖。
驰车夜访安平港，
愿得平安保亿年。

二

访旧台南意兴长，
友情如炽热中肠。
高楼一宿陈蕃榻，
不教庸人卧下床。

二零零六年十一月四日

赠郑阿财教授

隔水相思不隔心，
嘤鸣求友有知音。
未劳精卫填东海，
飞渡层云破积阴。

二零零六年十一月四日

莲花池

一池活水泮冰开，
柳色金黄待燕来。
漫说今年春气早，
太空温室已成灾。

二零零七年三月

长白山纪游二首

长白山峡谷浮石林

浮石尖峰似插刀，
几重凸出几重凹。
老夫提起当年勇，
冒雨徐行七曲桥。

美人松

亭亭玉立美人松，
雪压霜欺不曲躬。
岂似随风杨柳舞，
细腰饿死楚王宫。

二零零七年八月

初夏莲花池所见

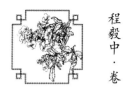

新生莲叶大于钱，
十万青铜撒水边。
若使春风能买转，
愿教桃李再争妍。

二零零八年五月

赠抗震救灾解放军三首

一

共工猛触不周山，
地裂天倾震世间。
十万雄师随号令，
扶危济困勇争先。

二

八方勇士会西川，
踏破千年蜀道难。
一发万钧飞将到，
定教险境转平安。

三

地裂山崩顷刻灾，
幸存奇迹出声来。
全军全国倾全力，
不信生机夺不回。

二零零八年五月十九日

咏奥运女射手

古人三箭定天山，
女将今朝贯十环。
君子之争无败者，
寰球同唱凯歌还。

二零零八年八月

登三清山顺口溜

三清山秀始闻名，
不远千里试一登。
奇峰迭起幻象多，
曲径穿云超百层。
神龙戏松松迎客，
巨蟒冲天欲飞腾。
云海弥漫西海岸，
林海翻腾东海坪。
栈道蜿蜒十馀里，
虽云人工亦天成。
老夫脚软难自拔，
幸赖肩舆举我升。
上山陡如攀绝壁，

下山险似瀑布倾。
舆夫热情争揽客，
喜我身矮体必轻。
座后胖子腰脚健，
勇担重任奋力撑。
座前瘦者四十馀，
乐此不苦肩能胜。
自云凭此谋衣食，
还需筹资供学生。
护林保土顾大计，
不再伐木费经营。
我坐轿中深感愧，
人抬我坐难为情。
亦知社会有阶段，
按劳付酬尚可行。
但愿贫富渐拉近，
无人抬轿心亦平。
届时必有新机械，
送我登山巨手擎。

回看神女举头望，
呵护仙山若有灵。
绿满层峦鱼鸟乐，
天清水清人心清。

二零零八年九月

登庐山

常年云雾多生处，
顷刻阴晴突变时。
识得庐山真面目，
近看远望总相宜。

二零零八年九月二十六日

饮茶感赋

茶中极品碧螺春，
传说奇香吓煞人。
高价豪装包小盒，
新瓶老叶骗嘉宾。
已非特贡呈皇上，
徒有虚名害自身。
过客若知西贝货，
空头恶谥诮吴门。

二零零八年九月

西贝，贾字也，假之谐音。吾吴称华而不实以假相示人者为“苏空头”，亦恶谥也。

喜迎建国六十周年

开国峥嵘六十年，
弦歌和协众心安。
建成功业超千古，
经历风波过五关。
急浪虽多船自正，
前途大好路犹宽。
莫忧潮起还潮落，
击楫中流稳掌帆。

二零零九年五月

太行山上读白居易诗碑

登上王莽岭，近观刘秀跳。
光武有神助，跃马过深坳。
遥想当年事，胜败未可料。
胜则为帝王，败则为寇盗。
传说多神奇，虚实岂可考。
胜者或有幸，败者多因傲。
瞬息强弱变，前事可参照。
仰读白傅诗，铭记忠言教。
当知世路难，险于太行道。

二零零九年七月

满江红

庆祝新中国建立六十周年和马凯同志作

六十年来，长征路，行程未歇。勤求索，漫漫修远，继承先烈。昔日升旗惊大地，今朝飞艇登明月。振中华，奋斗为民生，尤关切。

百年耻，欣已雪；玩火者，当自灭。决不容再见，金瓯残缺。协力共输肝与胆，献身愿呕心和血。天安门焰火照前途，耀双阙。

二零零九年九月二十九日

中秋夜作

古人咏月诗千首，
写出悲欢万种情。
识得星球真面目，
无论圆缺总晶莹。

二零零九年十月三日

南社成立一百周年追仰柳亚子先生

剑池磨剑气如虹，
万首新诗敌放翁。
莫道吴侬多软语，
壮歌豪兴百年雄。

二零零九年十一月二十八日

八十自励

小康已足不差钱，
晚食从容可早眠。
求索无能追老辈，
偷闲有意学青年。
抄书暂借磁盘记，
通信多凭网络连。
脑力渐衰难自弃，
及时充电莫迟延。

二零一零年三月

浦江夜游

珠串星桥七彩虹，
恍然梦入广寒宫。
春江花月无颜色，
世博光环耀碧空。

二零一零年四月二十二日

题富春山居图

妙画通灵世所稀，
无端历劫暂分携。
同根草木同源水，
剑合延津会有期。

二零一零年五月

天问

水火风雷雪上霜，
全球突击救灾忙。
资源有限难兼济，
贪欲无涯必自伤。
环境失衡谁保护，
混沌凿破快消亡。
我向苍天追问责，
果真多难为兴邦？

二零一零年七月二十日

读聂绀弩诗注

聂翁佳句震群伦，
旧典新题贯古今。
北徼南山三劲草，
作家注者两奇人。
周婆梦断惊风雨，
难友情深泣鬼神。
穷苦工诗非幸事，
宁求盛世寂无音。

二零一零年七月三十一日

莲花池所见

金鱼跳出碧波中，
荷叶深丛一闪红。
疑是观音酣睡去，
牡丹重返水晶宫。

二零一零年八月

牡丹，金鱼精也。

题赠中国国际广播电台

万里天涯若比邻，
有缘同住地球村。
放诸海外皆兄弟，
求友嘤鸣发好音。

二零一一年四月

贺合璧富春山居图展出

黄公应在望群公，
合璧奇观两岸同。
泉水出山江入海，
东西何处不三通。

谒伍子胥庙

建德江头怀伍相，
姑苏台下吊西施。
冤家千载终宜解，
吴越恩仇付一嗤。

二零一一年初稿，二零一二年改作

纪念中央文史研究馆建立六十周年

馆门辟启国门前，
初度春秋花甲年。
南北双楼迎日出，
东西两路近天安。
齿衰十驾长途熟，
耳顺兼听世事谙。
会见重开千叟宴，
落成大厦广招贤。

二零一一年七月

乡音

非同越鸟不归林，
游子常怀一片心。
搜索评弹开电视，
每从弦外觅乡音。

二零一一年十一月二日

广西采风

又作漓江一日游，
初冬温暖似初秋。
绕山碧水明于镜，
照见民心可载舟。

二零一一年十一月十五日

中华书局百年纪念

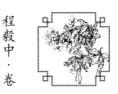

前人创业路维艰，
惨淡经营历百年。
辞海昔曾称巨著，
书林早许着先鞭。
再生古籍争优势，
重振中华赖后贤。
发展繁荣当守正，
校雠史上继薪传。

二零一一年十二月

瞻仰狼牙山五勇士纪念馆二首

一

取义成仁三烈士，
负伤脱险两英雄。
狼牙山上高峰立，
不及哀兵盖世功。

二

燕赵悲歌惊四海，
中华豪气镇千秋。
山崩地震随时有，
爱国精神必永留。

二零一二年四月二十六日

眺望荆轲塔

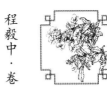

多年校读燕丹子，
今日行经易水河。
但使金台招国士，
何须函首送荆轲。

二零一二年四月二十六日

参观清崇陵书感

皇帝无非傀儡身，
维新百日散风云。
地宫打破陈年案，
一发惊人显毒砷。

二零一二年四月二十七日

即墨怀古

乐毅兵围即墨城，
燕军功败在垂成。
金台空说招贤士，
却使田单得盛名。

二零一二年八月

重返向阳湖

四十年前干校生，
向阳湖里学农耕。
旧居何在重来认，
欣慨交心百种情。

二零一二年十一月十四日

海南行二首

飞抵海口

漫天风雪北来人，
插翅南飞渡白云。
愿得此身如候鸟，
天涯海角总迎春。

三亚海滨

天涯有路终能到，
海角无波也不平。
遥望南沙风浪激，
龙蛇争斗暗潮生。

二零一二年十二月

题张颔先生读札图

喜看知友远来书，
近就明窗书影疏。
飞舞龙蛇难辨认，
半由老眼已模糊。

二零一三年二月四日

癸巳春联

衔珠恩报隋侯德，
借伞情钟许汉文。
莫道蛇年无美感，
春联改罢入诗存。

二零一三年二月